Dedo no Ventilador

poemas

LEONARDO MARTINELLI

Bem-Te-Vi

CIP-Brasil. Catalogação-na-fonte
Sindicato Nacional dos Eleitores de Livros
N335d Martinelli, Leonardo, 1971
Dedo no Ventilador : poemas
Leonardo Martinelli. - Rio de Janeiro : Bem-Te-Vi, 2005
88p. : . -(Canto do Bem-Te-Vi)
ISBN 85-88747-16-2
1. Poesia brasileira
I. Título. II. Série.
05-1238 CDD 869.91
CDU 821.134.3(81)-1
18.04.05 22.04.05 009909

Bem-Te-Vi

Av. Presidente Wilson, 321, 10º andar
Centro, Rio de Janeiro, RJ
Cep 20030-021
Fone: (21) 3804.8678
Fax: (21) 3804.8670
E-mail: bem-te-vi@bem-te-vi.net
www.editorabemtevi.com.br

Editoras Responsáveis
VIVI NABUCO E LUCIA ALMEIDA BRAGA

Editora Executiva
LÉLIA COELHO FROTA

Assessoria Jurídica
MANOEL NABUCO

Comissão de Poesia da Coleção Canto do Bem-te-vi
ARMANDO FREITAS FILHO
LÉLIA COELHO FROTA
LUCIA ALMEIDA BRAGA
LUIZ PAULO HORTA
SILVIANO SANTIAGO

Design Gráfico
FERNANDA PINTO

Revisão dos autores

Dedicado a
Luiz Carlos Lima e
Eleni Kouklanakis

Agradecimentos especiais para

Armando Freitas Filho
Rubens Figueredo
Ângela Melim
Carlito Azevedo
Aníbal Cristobo
Felipe Nepomuceno
(os "Monges Acrobatas" de 1999)
Heitor Ferraz
Leandro Salguerinho
Rômulo Mattos
Elio Colavolpe
Arnaldo Allemand-Branco
Flávia Vieira
Lara Valentina Pozzobon
Francisco Manhães
Jorge Wanderley (in memoriam)
Kevin Kraus e
Regina Yara Martinelli

cujos comentários e incentivos
possibilitaram esse livro.

la esfera terrestre del amor
que rezagose abajo, da vuelta
y vuelta sin parar segundo,
y nosotros estamos condenados a sufrir
como un centro su girar

César Vallejo, Trilce, LIX

I.

VIVA VOZ

me escuchás? Pero
no puedo verte

Anibal Cristobo

Museu Cotidiano

Esquecer para lembrar: centelha inglória
da renúncia, palavras turvas, membros inertes
– muletas de causa/efeito para maior
segurança dos instintos – o corpo, fábrica
de flertes, quer abrigo, pares e poros,
um pouco de atrito – este nó que de tão
cego não desata nem sacia (tarde de maio
ou *joy forever?*) – exilados da carne a
envenenar-se de espírito, fardos mutuamente
inúteis – agora deixa sangrar: uma
fina, milenar garoa, salpicando carbono
em flores fósseis (voltem sempre)

Do Riso

Não depende
de ti – um jorro
aéreo, desde a copa
ao rosto ferido
pelo som:

coágulo aberto sob
lábios crispados
mal contendo
o fluxo de hienas
que escapa,

anônimo –
gozoso desatar-se
em brinde inútil
ou ato falho

Medidas

Perpetuando a espécie
no incêndio portátil
de um cigarro aceso
(vôo espiralado
do tempo nas curvas
de luz e poeira)

Sorrimos estanques
ao colo da sorte
desatando o dia
a golpes de foice
(seu gume torcido
brilhando nos dentes)

Idéias pesadas
entre um trago e outro
"o preço é tão alto"
um de nós diria
(até que o silêncio
suture a ferida)

Inferno dos Amantes

Impiedosamente

Pernas e ancas recusam-se ao
moto contínuo (lençóis bocejam)
nenhuma litania à lua exceto
o olhar rasante, *kamikaze* – sono
içado por anzóis de luz

Impiedosamente

Dígitos febris alteram a senha
enquanto nebulosas se contorcem
sob o filtro ácido das horas
além do horizonte em pó solúvel
onde pisca vermelho um semáforo

Impiedosamente

Dorian

Então fitei
a tela – meus
olhos impressos
no espelho

(leitor-irmão
de sangue e tinta
ausente)

Cupins e traças
se encarreguem
da moldura:

quem sabe de mim
sou ele

Às armas

O tapa dói sem luva
na cara: a agulha hesita
– estala – do gatilho
a trava já dispara:

O poema (percurso
da bala) mira a mosca,
resvala – nem atina
honrar qualquer palavra

Praia Vermelha

Dois mundos opostos
pela cartilha
dos cartões postais –

o povo na praia
não vê o que passa
acima da orla,

o bonde subindo
ignora
o bonde descendo

(ambos lotados
de sardas e binóculos
mirando a areia

onde o sol apara as unhas)
– pássaros resvalam
em torno de alguém que

aponta o céu donde
hesito – extático, sem êxito –
entre o relato e a foto.

Telefone

Sinal de véspera
em seu vórtice
mudo – granada
caseira, à espreita
sopesando números

Numa tela de Chagall

No céu cor de areia
coalhado de nuvens

evitam alheios
à troça pedestre

(acima das cercas
em torno do bode

que pasta sereno
ao lado da Igreja)

tangendo-se, aéreos
amantes do azul

Hermes, por exemplo

Pés alados
afinam-se
ao vento,

rentes à crina
de postes e
nuvens em declive:

– *Eparrei!* –
e lá se
vai quem veio

a trabalho (viva
voz do locutor
de tempestades)

II.

Ocorrências

Ordem real

Durante certa caçada, tomado de intuitiva curiosidade, um sábio conde italiano pergunta ao seu arqueiro por que razão fechar o olho esquerdo antes de cada flechada.

– Para melhor mirar o alvo, responde humildemente o arqueiro.

Após ouvi-lo com atenção, manda o conde que se lhe arranque aquele olho. "É preciso eliminar o inútil", explica aristocrático.

Um parricida

Espraiando-se à toa
em meandros de prosa
– nós, as estrelas,
os copos e a mesa –
súbito o chiste:
Deus não existe

Então imagino seu corpo
magro reduzido
ao tronco pela força
de quatro cavalos
cada qual atrelado
a um dos membros
enfim destacados como
pétalas daquilo que
há pouco fora ele

agora se espalhando
num modelo para armar
sobre o patíbulo erguido
a fim de tornar público
o suplício do homem
condenado – ele

era o sacrílego
destinado à pena
e por tal teria de pagar
com sangue aos borbotões
e gritos a granel
até que ossos brasas saldem
a dívida da alma nas chamas
do nosso pequeno
inferno terrestre

Tudo isso há três séculos
do instante em que sua boca
se contorce numa expressão
de escárnio bruscamente
abafada pelo galope
dos cavalos cada vez mais
próximos de nós

A César ...

Atingido em fuga
(tiro certeiro no crânio)
o imberbe marginal
caído no meio da turba
de inúteis linchadores
enxuga com dedos barrocos
a gosma rubra da cabeça
fazendo-a respingar
nas botas do policial
que chama a ambulância
de olho na van
do repórter local

Goiânia

Segundo a pista – um fulcro
verde entortando
o ponteiro do Geiger –

foi pelo meio da tarde
ao sanitário, pouco
depois à piscina

e então ao campo
(pocitas radioativas
sobre o gramado)

onde assistiu aos
minutos finais de uma
pelada qualquer

Dois fogos

1. O primeiro deseja
atacar sob o crivo desses
catres luminosos que ladeiam
cada flanco da avenida
sitiada entre dois morros
pelos comandos em guerra

2. O segundo planeja
evadir-se em vias de sinais
opostos sobre a tela
de asfalto e lama onde a
chuva e os faróis desenham
torrentes de alta voltagem

Aniversário do motorista

Velocidade refreada
ante a curva imprevista:
um silvo incandescente
fere o
acostamento,
pneus imprimem no asfalto
as últimas instruções
do acaso –

placas advertem
a iminência do trecho
– basta girar
o volante para que
a imagem retorne: já
não estamos a caminho
de casa e então
os gritos e as palmas ritmadas,

o bolo especialmente
farto de frutas e
velinhas tatuando
um apenas algarismo
sobre a pele clara
da cobertura –
tantos convidados

para o evento:

Rodrigo, Alice
                    Paula, Julio
(que dirige)
tia Antonieta com
seu gato angorá e o
sobrinho retardado
que não pára de sacudir-se
cantando é-bigue-é-bigue

sem entender nada,
o idiota continua
berrando enquanto
os outros dispersam
(rostos esfarelados
entre ameixas e cerejas
murchas) pois a festa
acabou há anos –

sirenes sempre
chegam a tempo e nunca
será cedo ou tarde
demais para esquecermos
os primeiros socorros,
as unhas do gato,
o abismo da encosta, restos
de infância, o cinto de segurança.

Nietzsche: máscara mortuária

Um tufo robusto acima
dos lábios, inchando a couraça
do gesso mortuário – os pêlos
teimavam em seguir crescendo,

refluindo ao menor sinal
de vida do nariz à boca
(como parasitas em fuga
das tripas do velho hospedeiro)

– tufo não: tufão
                    revoada
de pavios castanhos   prestes
a acender no meio do rosto
explosão similar à relva

que se alastra em torno da cripta,
ao limo que germina em cada
pedra – errata esquiva da obra
erguida a golpes de martelo.

Ilha Grande

Morro acima rio abaixo
crispava-se a vereda –
os pés se arranhando
em capim-navalha

Um sol represado
nas pálpebras –

Braços pensos, fronte
pensa – ali
no caminho – onde

suor e pegadas
desenham (até
quando) outra fuga
em baixo-relevo

III.
Poemas da Amiga

Dans les bras tordus des désirs à

jamais inassouvis sera sa mémoire.

H. Michaux

Suvenir

Sob um maço de cartas
abertas, o retrato
amarelo-gaveta
escapou do envelope –
suplicava apenas

um pouco de ar (vôo
cego janela afora –
pela fresta o desejo
ia só, na corrente
sangüínea da memória)

Pigmaliante

Se impressões sobre a epiderme
dessem título de posse
escrevia (bem mereço)
nome, fone, endereço
para o caso de extravio

A amiga imaginária

Sempre foste a imaginada
que na face nunca imóvel
acenas lenço constante.

I.

O rosto: cobaia retalhada
pela fome de um tumor
enraizado nas vozes
que habitam sua infância
(cujas órbitas colidem

num *travelling* centrífugo)
reunindo provas suficientes
para execução sumária
de vinte ou trinta inéditos

II.

Tatuada na crista do silêncio
grifo solto n'*el Niño* dos sonhos
pérgula desfeita sobre
a orla – Marla
cinco vezes nua, por qual dos
seus celibatários?

ao longe a lua
sorvendo o dia
pelas beiradas

III.

Centuplicadas no
ponto-chave em que se anelam
fibras e conceitos, sílabas
e sustos, minhas
falas repelem o mundo
ridiculamente suas –

Caso de ocupar-se
o plano inteiro em minúcias
táticas, submetido
à fúria onomatopaica desse
maquinário apenas
entrevisto?
Ou antes ceder terreno
ao formigar
de uma inútil
suspeita?

(Sobretudo insistir
na alternativa
b.)

É uma pena, doce amiga,
Tudo o que pensas em mim.
Eu sei, porque acho uma pena
Também o que penso em ti.

IV.

Esqueçam depressa:
A cunha refratária do horizonte
O código arenoso das espáduas
A gula venérea dos binóculos
O parto involuntário da mentira

Roteiros, números
primos, linhas cruzadas,
arabescos vivos –

mas isso
não é um tapete
mágico...

                    ela
está condenada, nada
pode salvá-la.

V.

Amiga, chega –
duas bolhas de cânhamo
descem ao avesso

das pálpebras
(laguna efervescente
onde teus dons patinam

entre corais maduros)
com um sonar mais
preciso, além –

memória suturada
em jardins hipodérmicos,
nome pulsando sob

anagramas fósseis –
amor inumeravelmente
único, e basta.

VI.

O mundo: idéia viciosa
ou fole de sopro contínuo,
reação em cadeia animada

por sete pianos à frente
de uma pilha de caixas
vazias (sob cujas arestas

repousa o que não se abre)
flexíveis o bastante para
sorte do eco a reciclar-se

NOTA: os trechos em itálico p.55 e p.59 são da autoria de Jorge de Lima e Mário de Andrade, respectivamente.

Her Majesty

Mulher dormindo,
aquém do espectro
luminoso de anúncios
e automóveis lassos
ao relento – seu corpo
exausto nada pede

senão que o deixemos
em paz, no silêncio
de um quarto, entregue
à calmaria do sono.

IV.

Dedo no Ventilador

Cet explorateur aux prises avec les fourmis
rouges de son propre sang
André Breton

A página não pode ser exibida

O incenso crepita ao lado
do monitor – sua névoa
retarda olhos fixos na tela:

sobre a retina da mosca
dez mil vezes o açúcar

talvez sim,
mas agora sem poder
cristalizar-se em fome alguma,

o próprio olhar
alheio à vida
da imagem segredada

entre pontos e siglas –
até que (enfim)
ela se abra

Strat' 69

I. *Voodoo Chile*

Tuas curvas solfejam o caos – seis
tentáculos ao redor de uma canoa
que pode ser casulo ou mesmo cárcere
desses ovos chocando em ninho hostil
como bolhas que ascendem ao silêncio
flutuando entre o pêndulo e a síncope

II. *Slight Return...*

Outra vinda – afora os guinchos e as fibras
rompidas pelo parto – ali se cumpre

um ritual que nunca atinge o ápice
nem por vontade alheia é deflagrado

quando arde na madeira seca – no
ventre maciço da mulher elétrica

Duas oitavas para Miles

1. *No Blues* se a têmpora do
arco relampeja no
oco dos tambores à
deriva entre guimbas e
doses de *brandy* sob a
frase do trompete que
morde o que foge diante
dos abusos do piano –

2. *So What* se o tema está no
sopro que orienta suas
asas de som e cera ou
dédalos que delas se
atirem ao solo com
garrotes apertando as
chaves do saxofone em
função do próximo *shot*

Psicoteste #2

Tinha que dar nisso:
desgaste valvular, perda de altitude
no giro epiléptico das pupilas
com grave redução dos fluxos que
regulam a fome e a febre
(língua seca, dentes trincando)
ausência de fôlego e gosto
pelos ditos semelhantes,
euforia metafísica
            sentenças calvas –

além das contas a pagar
e os pratos sujos se empilhando
sobre o ABC da Literatura,
meia dúzia de frascos tarja preta
diluindo-se no plasma em questão
de minutos (mal necessário)
até jogar o sujeito
num completo esquecimento
dos atalhos menos íngremes
rumo à ciência de si

Cinco dedos no ventilador

Parar esta beleza
que gira
metendo a mão no ventilador (A. F. F.)

Indicador

aquela quase coisa
mastigando-se num vácuo giratório
de brisa e plástico –
embalagem perfeita para idéias fixas
prestes a vedar-se –
delicada armadilha em suas mãos
(dois pára-raios varados
pelo mesmo raio)

Médio

Perdido o cuidado
de si durante o
toque, ao menos
olhos astutos
pudessem reavê-lo –

porém estão
cerrados pela dor,
não mais captam
sinal de abalo
sob a lona fina

de unha e medo,
sequer a espiral
de gotas atônitas
vazando desde a
ponta dos dedos

Anular

Mão e hélice contracenam
como os cones de uma
ampulheta partida ao meio
(areia derramada aos pés
do tempo, entre cacos
de espera e desespero)

Mínimo

o **sangue** pulsa
   nas pás da máquina?
a **pele** gira
   ao sabor do corte?
o **ar** revolve
   a carne do instante?

Polegar Opositor

ou talvez no fundo
ele quisesse apenas
retomar seu sono
barrando o influxo
de ar frio sobre os
pés descobertos –
talvez nem isso

Blow-up

clara mudez
da forma,
olhar calcado
sob a luz onde

lateja (ou
brota, cutânea)
uma cena veloz
e a cores –

babas del diablo,
negativo
desdobrado
ao infinito –

sinérgica
fusão de sombras
– outra tomada?
nem resposta

Pequena paisagem

Face em foco
sobre o rio – a mão
afaga o seixo
antes de atirá-lo
ao reflexo móvel
do último gesto

Leonardo Martinelli nasceu no Rio de Janeiro, em 1971. Começou a publicar poemas durante o curso de graduação em Letras na UERJ, incentivado pelo trabalho da Oficina Mário Faustino (na época, coordenada por Ítalo Moriconi, Jorge Wanderley e Luiz Carlos Lima). A partir de 1997, passa a colaborar regularmente com a revista Inimigo Rumor. Publicou diversos ensaios e poemas também em outras revistas, como QFWFQ, Range Rede, Cacto e Poesia Sempre. Guitarrista e compositor de algumas bandas do underground carioca, como Amantes de Maria (1993/96), Pollyanna (1997) e Miserê (1999/03). Concluiu Doutorado em Literatura Comparada em 2004, com tese sobre a obra crítica de Julio Cortázar. Atualmente, leciona no SENAI e planeja coordenar uma Oficina Itinerante de Poesia.
É vascaíno doente.

ÍNDICE

Este livro foi impresso em maio de 2005 para a Bem-te-vi Produções Literárias Ltda em papel Pólen Soft de 80 gramas, com tiragem de 1000 exemplares pela Imprinta Express Ltda. Rio de Janeiro, RJ.